Analyse de l'œuvre

Par Vincent Guillaume
et Nasim Hamou

Le Portrait de Dorian Gray

d'Oscar Wilde

lePetitLittéraire.fr

Rendez-vous sur lepetitlitteraire.fr et découvrez :

Plus de 1200 analyses
Claires et synthétiques
Téléchargeables en 30 secondes
À imprimer chez soi

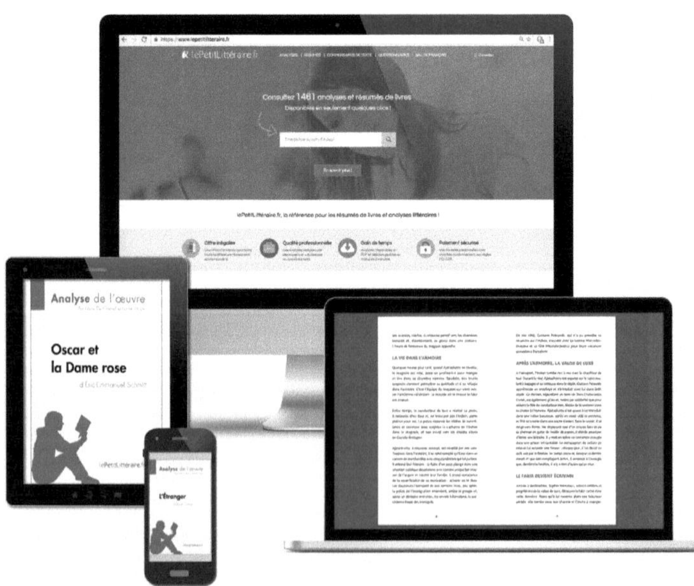

OSCAR WILDE 1

LE PORTRAIT DE DORIAN GRAY 2

RÉSUMÉ 3

Préface
Chapitre I
Chapitre II
Chapitre III
Chapitre IV
Chapitre V
Chapitres VI-VII
Chapitre VIII
Chapitre IX
Chapitre X
Chapitre XI
Chapitres XII-XIV
Chapitres XV-XVI
Chapitres XVII-XVIII
Chapitres XIX-XX

ÉTUDE DES PERSONNAGES 9

Dorian Gray
Lord Henry « Harry » Wotton
Basil Hallward
Sibyl Vane
James Vane

CLÉS DE LECTURE   14

Un roman gothique

L'influence de l'art

Le *doppelgänger*

La beauté amorale

La superficialité de l'amour

Des croyances scientifiques

Le roman reflété dans le portrait

PISTES DE RÉFLEXION   25

POUR ALLER PLUS LOIN   27

OSCAR WILDE

ROMANCIER, POÈTE, DRAMATURGE, NOUVELLISTE ET ESSAYISTE IRLANDAIS

- **Né en 1854 à Dublin**
- **Décédé en 1900 à Paris**
- **Quelques-unes de ses œuvres :**
  - *Salomé* (1893), pièce de théâtre
  - *L'Importance d'être constant* (1895), pièce de théâtre
  - *Le Fantôme de Canterville* (1905), nouvelle

Oscar Wilde est certainement l'auteur le plus représentatif de la fin de siècle dans la sphère anglophone. Partisan du décadentisme et de l'esthétisme, il n'admet pas que quoi que ce soit interfère avec l'art et la beauté.

Ses manières de dandy exubérant et son anticonformisme choquent, et les réactions à son encontre peuvent être très virulentes. En 1895, il est condamné à deux ans de travaux forcés à la prison de Reading pour actes d'homosexualité. Ayant purgé sa peine, il s'exile à Paris où il meurt dans la misère en 1900.

Ses œuvres les plus connues sont *Le Portrait de Dorian Gray* (1890-1891) et la pièce de théâtre *L'Importance d'être constant.*

LE PORTRAIT DE DORIAN GRAY

L'HOMME CONFRONTÉ À SON ÂME

- **Genre :** roman
- **Édition de référence :** *Le Portrait de Dorian Gray*, traduit de l'anglais par Richard Crevier, Paris, Flammarion, coll. « GF Flammarion », 2006, 320 p.
- **1re édition :** 1890
- **Thématiques :** vieillesse, beauté, image, immoralité, art, littérature, jeunesse, décadentisme

Publié initialement dans le *Lippincott's Monthly Magazine* en 1890, puis retravaillé et étoffé en 1891, *Le Portrait de Dorian Gray* est l'unique roman d'Oscar Wilde. Il raconte l'histoire d'un jeune homme à la beauté fascinante qui fait le vœu de pouvoir conserver charme et jeunesse toute sa vie durant. Inexplicablement, son souhait est exaucé, et c'est le portrait qu'un ami a peint de lui qui se transforme à sa place, portant les marques du vieillissement et des plaisirs décadents dans lesquels il se lance à corps perdu. Le roman fait scandale à sa parution à cause de sa façon de décrire la débauche qu'embrasse son protagoniste, sans que son immoralité ne soit ouvertement condamnée par l'auteur.

RÉSUMÉ

PRÉFACE

Wilde exprime ses convictions artistiques, ramenant l'art au concept de beauté au sens large et refusant que lui soit en plus imposée une dimension morale ou utilitaire.

CHAPITRE I

Lord Henry Wotton, en visite chez le peintre Basil Hallward, admire le portrait d'un jeune homme à la beauté extraordinaire, Dorian Gray. Basil dit refuser de l'exposer, car il y a véritablement mis toute son âme. Lorsque Dorian Gray arrive dans le studio, Lord Henry demande à lui être présenté, contre le gré de Basil qui l'implore de ne pas le corrompre par son influence néfaste.

CHAPITRE II

Lord Henry fait la conversation à Dorian alors que celui-ci pose pour Basil. Il l'exhorte à profiter de sa jeunesse et de sa beauté avant qu'elles ne passent. Dorian est troublé par ces mots. Le portrait terminé, il a une révélation devant le tableau, « comme s'il s'était reconnu pour la première fois ». Accablé par l'idée de perdre sa beauté alors que son portrait ne changera pas, il souhaite que l'ordre des choses soit inversé.

CHAPITRE III

Lord Henry se rend chez son oncle pour obtenir des renseignements sur la famille de Dorian. Il décide de devenir une personne influente pour le jeune homme au même titre que celui-ci l'est pour Basil.

CHAPITRE IV

Dorian raconte à Lord Henry comment il a rencontré l'amour de sa vie, l'actrice Sibyl Vane. Lord Henry est fasciné par la fougue de Dorian. Plus tard, il reçoit un télégramme annonçant que ce dernier s'est fiancé à la jeune femme.

CHAPITRE V

Ce chapitre présente Sibyl, follement heureuse de son amour avec Dorian, ainsi que sa mère et son jeune frère, James, un marin, qui s'inquiète pour sa sœur et qui voit d'un mauvais œil sa relation avec cet inconnu qu'elle appelle Prince charmant. Il jure de le tuer s'il devait faire le moindre mal à sa sœur.

CHAPITRES VI-VII

Dorian, Lord Henry et Basil se rendent au théâtre voir Sibyl. La jeune femme joue volontairement très mal, et Dorian est catastrophé. Après la pièce, elle lui annonce avec malice qu'elle a quitté le théâtre, le seul univers qu'elle ait jamais connu, afin de se donner entièrement à lui et d'embrasser une réalité bien plus belle qu'il lui a fait découvrir. Or Dorian l'aimait justement pour son talent ; son amour le laisse froid. Dégouté, il lui dit tout son mépris et la quitte.

Rentré chez lui à l'aube, Dorian s'aperçoit que son portrait laisse entrevoir un sourire légèrement cruel, alors que lui-même n'a pas changé. Il se rappelle son souhait et comprend qu'il est face à sa propre conscience. Pris de pitié pour son portrait, il jure de ne plus pécher.

CHAPITRE VIII

Le lendemain, il écrit à Sibyl pour s'excuser. La lettre envoyée, il se sent déjà pardonné. Lord Henry arrive cependant et lui apprend que la jeune femme s'est tuée par amour. Il s'effraie de ne pas être aussi affecté par le drame qu'il le voudrait. Loin de le rassurer, Lord Henry l'encourage à voir la beauté de cette mort. Dorian s'en sent réconforté et révélé à lui-même, acceptant la part sombre de son être. Il a changé d'avis quant au portrait : c'est ce dernier qui portera le poids de ses passions.

CHAPITRE IX

Basil demande à voir le portrait et mentionne son projet de l'exposer. Dorian en est terrifié. Il lui avoue alors qu'il a un secret et propose de le lui révéler s'il lui explique la raison pour laquelle il ne voulait initialement pas exposer le tableau. Le peintre lui confesse alors l'idolâtrie qu'il a pour lui et qu'il croyait visible dans son tableau ; à présent, il trouve cette idée stupide et se sent prêt à le dévoiler au monde. Dorian, soulagé, avoue avoir effectivement vu « quelque chose » dans le portrait, mais refuse toujours de le montrer.

CHAPITRE X

Dorian commence à devenir paranoïaque envers ceux qui s'approchent de son portrait qu'il a entretemps recouvert. Il décide même de dissimuler son portrait dans son ancienne salle d'étude, qui se trouve au dernier étage de la maison et dont il est le seul à avoir la clé. Il passe ensuite une bonne partie de la soirée à lire un livre étrange et fascinant que Lord Henry lui a envoyé.

CHAPITRE XI

Pendant plusieurs années, Dorian est sous l'influence de ce livre. Il mène une double vie, convenable en apparence, mais secrètement dissolue, et expérimente des plaisirs exotiques et décadents. Mais il est également pris de panique que son secret puisse être découvert. De plus, des rumeurs scanda-leuses courent sur lui, mais, heureusement, sa fortune et son charme le préservent.

CHAPITRES XII-XIV

Dorian a 38 ans, mais n'a physiquement pas vieilli. Un soir, il rencontre Basil, prêt à partir pour Paris, et se sent obligé de l'inviter chez lui. Celui-ci lui parle des rumeurs affreuses qui circulent à son sujet et conclut que, pour véritablement le connaitre, il devrait d'abord voir son âme. Dorian, hors de lui, le prend au mot et l'emmène voir le portrait. Basil comprend alors ce qui est arrivé. Dorian, en regardant le tableau, est pris d'une haine soudaine et incontrôlable pour le peintre. Il l'assassine brutalement avec un couteau.

Le lendemain, Dorian s'occupe, tâchant d'oublier son crime, et s'affole de plus en plus jusqu'à ce qu'arrive son ancien ami Alan Campbell, un chimiste. Il lui demande (avec du chantage) de faire disparaitre le corps de Basil.

CHAPITRES XV-XVI

Le lendemain soir, Lord Henry demande à Dorian ce qu'il a fait le soir précédent et celui-ci devient nerveux. Il rentre chez lui, brule les affaires de Basil et décide de se rendre dans une fumerie d'opium.

Alors qu'il en sort, une femme l'appelle Prince charmant, ce qui alerte James Vane, qui sommeillait dans un coin et qui, de nombreuses années après la mort de Sibyl Vane, cherche encore à venger sa sœur. Ce dernier agresse Dorian dans la rue, lui annonce qu'il est le frère de Sibyl et qu'il va le tuer. Dorian lui demande de l'examiner à la lueur d'un lampadaire. Voyant que l'homme qu'il s'apprêtait à battre semble avoir 20 ans, James croit s'être trompé et le laisse partir. Mais la femme qui a appelé Dorian Prince charmant apparait et fait comprendre à James son erreur.

CHAPITRES XVII-XVIII

Dorian se sent traqué. Bien qu'il soit conscient que sa peur d'un châtiment est irrationnelle, il est horrifié à l'idée de ne pas pouvoir échapper aux tourments de sa conscience. Il voit en la mort accidentelle d'un rabatteur durant une partie de chasse à laquelle il participe un mauvais présage annonçant sa fin prochaine. Plus tard, il apprend que le rabatteur n'a pu être identifié et qu'il avait un révolver sur lui. Dorian va immédiatement voir le corps et reconnait James Vane. Il est si soulagé qu'il en pleure.

CHAPITRES XIX-XX

Dorian explique à Lord Henry qu'il a décidé de changer, ayant fait trop de choses horribles dans sa vie. Mais, selon Lord Henry, il ne parviendra pas à changer. Juste avant de rentrer chez lui, Dorian, hésitant, veut lui avouer quelque chose (très probablement concernant la mort de Basil), mais finit par y renoncer.

Une fois chez lui, Dorian pense avec nostalgie à son innocence d'antan. Il finit par se dire qu'il préfèrerait la purification de chacun de ses péchés à la détérioration de son portrait. Il se détermine à devenir bon. Par curiosité, il monte inspecter le portrait pour voir si une bonne action qu'il a récemment accomplie a apporté un changement. Mais le tableau est toujours aussi affreux ; il lui semble même y déceler une expression hypocrite.

Ne pouvant plus supporter les accusations qui pèsent sur lui, Dorian tente de détruire son portrait à coups de couteau pour enfin avoir la paix. Au même moment, ses domestiques sont réveillés par un cri horrible ; bientôt, ils trouvent le tableau intact tel qu'il a été peint à l'époque, ainsi que leur maitre mort, poignardé au cœur, ridé et repoussant.

ÉTUDE DES PERSONNAGES

DORIAN GRAY

Dorian Gray est le fils de Lady Margaret Devereux, une aristocrate d'une beauté sublime, et d'un soldat subalterne inconnu. Devenu très tôt orphelin, il continue de vivre dans la demeure familiale, une maison richement décorée, entouré de valets et d'une gouvernante.

Doté d'un charme particulier, Dorian suscite la fascination chez ses amis Basil et Lord Henry. Il évolue radicalement au cours du récit, notamment à cause de l'influence de ce dernier. Il est présenté au départ comme un jeune homme candide, presque enfantin, spontané, quoique timide, et rempli d'une joyeuse vitalité. Mais, bientôt, il adopte les manières d'un dandy désabusé, cynique, égocentrique et amoral, vivant pour l'art et ne ressentant aucune réelle sympathie pour les gens (il préfère, par exemple, le jeu d'actrice de Sibyl à Sibyl elle-même). Sa compassion peut être profonde, mais elle est toujours fugace, car il ne s'agit pour lui que de profiter de ce qui est beau dans une personne, jusqu'à ce que cela ne l'intéresse plus.

En cherchant à nourrir sa sensibilité artistique de plaisirs raffinés et défendus (y compris la drogue et la luxure, parfois via des rapports homosexuels, comme Wilde le laisse entendre), l'âme de Dorian s'avilit. Grâce au vœu qu'il a fait (chapitre II), il conserve tout son charme, tandis que le portrait qu'a fait de lui Basil Hallward se dégrade, prenant les marques de chaque crime commis.

Dorian reste cependant lucide du début à la fin : il se rend vite compte que le cynisme de Lord Henry est terrifiant et venimeux, mais il le trouve trop fascinant pour y résister ; il comprend presque immédiatement que son portrait reflète sa conscience, mais choisit de profiter de cette réalité ; deux fois il jure de redevenir bon (chapitres VII et XIX), mais réalise rapidement qu'il n'y parviendra pas, que ce serait aller contre sa nature.

Bien qu'il apprécie sa double vie, dans laquelle son charme impérissable le protège des rumeurs toujours plus sulfureuses qui courent sur lui, son secret lui pèse : il devient de plus en plus paranoïaque – surtout après avoir tué Basil – et tourmenté par une énorme culpabilité. Il regrette amèrement son innocence perdue. Toutefois, si dans la première version qu'il a rédigée, Oscar Wilde fait éprouver à son personnage des remords, dans la version remaniée, il semble davantage guidé par le fait qu'il ne peut plus supporter les accusations de sa conscience et par une chercher de tranquillité. Dorian détruit alors son image, marquant par ce geste symbolique le rejet de l'homme qu'il est devenu.

LORD HENRY « HARRY » WOTTON

Dandy par excellence, Lord Henry est un modèle d'amoralité. Raffiné, cynique, faisant des plaisirs volages et scandaleux un art de vivre, il exprime souvent sa vision du monde dans des aphorismes et des discours improvisés – peut-être plus pour le paraitre que par réelle conviction, car il dit oublier systématiquement ses propres paroles. Il émerveille Dorian par son bagout et ses idées grisantes et, conscient de son influence, l'initie à son mode de vie. Lord Henry garde une certaine franchise, en ce qu'il ne cache pas ses vices ou ses véritables motivations, qui font autant sa fierté personnelle que sa réputation d'être horriblement exquis.

Pour lui, l'art et les plaisirs des sens sont tout. La beauté est essentielle, au point qu'il dit trouver futile de ne pas juger une personne d'après son apparence. Blasé et superficiel, volage dans ses intérêts, il profite du moment présent et de ses amis sans s'y attacher réellement et sans se soucier du passé. C'est certainement parce que Dorian est pour lui aussi une inépuisable source de fascination – il le considère comme un des « chefs-d'œuvre » de la vie (chapitre IV) – qu'ils restent proches jusqu'à la fin.

Lors de sa dernière apparition dans le roman, Lord Henry est un vieillard pathétique dont la femme est partie et qui reste désespérément attaché à la beauté de Dorian.

BASIL HALLWARD

Peintre doué, mais n'atteignant les sommets de son art qu'en présence de Dorian, Basil Hallward est, selon ses dires, fasciné par la beauté et la personnalité de ce dernier. Dorian est devenu pour lui, dès l'instant où il l'a rencontré, un idéal artistique.

Basil est une âme conservatrice, aux valeurs bourgeoises traditionnelles de bonté et de charité. L'influence amorale de Lord Henry (son ami d'Oxford) sur Dorian, qu'il pressent dès le début, est pour lui une catastrophe : en pervertissant cette « nature simple et belle » (chapitre I), elle risque de détruire ce qui rend le jeune garçon si unique à ses yeux. L'intérêt qu'il lui porte a donc un côté égoïste latent, ce que Dorian lui reproche d'emblée, l'accusant de ne baser leur amitié que sur sa beauté et sa jeunesse – dès qu'il vieillirait, c'en serait fini.

Refusant initialement d'exposer les portraits qu'il a réalisés de Dorian, de peur que la vénération qu'il éprouve pour celui-ci n'y transparaisse et que les gens découvrent l'intimité de son âme, il finit cependant par changer d'avis. Après que Dorian s'est distancié de lui, il commence à penser que l'art cache l'artiste plus qu'il ne le montre. Il décide alors d'exposer les toiles qu'il a réalisées de Dorian et se rend chez ce dernier afin d'obtenir la pièce qu'il considère comme son plus grand chef-d'œuvre. Lorsqu'il découvre l'état de décrépitude du portrait, il meurt assassiné par Dorian.

SIBYL VANE

Jeune fille pauvre, Sibyl Vane est une actrice shakespearienne dans un théâtre sordide (elle joue Juliette quand Dorian la voit pour la première fois). Sa beauté émeut Dorian, qu'elle appelle constamment Prince charmant. Cependant, pour ce dernier, elle est une somme des personnages de Shakespeare qu'elle joue sur scène, mais jamais Sibyl Vane. Il est intéressant de noter qu'elle-même ne semble aimer en Dorian que le prince charmant, qu'elle pense voir en lui.

Plus qu'innocente, elle est inconsciente de l'effet qu'elle produit sur les hommes. Elle n'a aucune expérience de la vie et a hérité de sa mère (qui semble vivre une pièce de théâtre permanente) des conceptions remplies de clichés.

Sibyl manque cruellement de personnalité ; c'est encore une enfant naïve qui vit dans les histoires merveilleuses qu'elle joue. Après avoir rencontré Dorian, elle rêve de quitter l'artifice de la scène pour vivre une vraie passion, mais, déjà, le jeune garçon s'est désintéressé d'elle, ce qui la poussera au suicide.

JAMES VANE

Frère de Sibyl, travaillant comme marin, James Vane est un jeune homme rude et peu loquace. Bien qu'il ne semble pas très vif, il est le seul à être réaliste dans sa famille. Comme il hait les aristocrates, il jure de tuer Dorian s'il venait à faire du mal à sa sœur.

Il apparait peu dans le roman et revient hanter Dorian des années après la mort de sa sœur. En cela, James Vane représente la conscience de Dorian, la possibilité (avortée lorsqu'il meurt au cours de la partie de chasse) d'une justice prête à fondre sur lui, ainsi qu'une menace tapie dans l'ombre.

CLÉS DE LECTURE

UN ROMAN GOTHIQUE

Le Portrait de Dorian Gray est un exemple tardif d'œuvre se rattachant au genre gothique. Existant depuis le milieu du XVIIIe siècle, ce genre, dont les récits principaux sont *Frankenstein* (1818) que l'on doit à Mary Shelley (femme de lettres anglaise, 1797-1851), *Docteur Jekyll et Mister Hyde* (1886) écrit par Robert Louis Stevenson (écrivain écossais, 1850-1894) ou encore les œuvres d'Edgar Allan Poe (écrivain américain, 1809-1849), se caractérise par :

- **un climat d'horreur :** le meurtre perpétré par Dorian, la mort de James Vane ;
- **une atmosphère sinistre et inquiétante**, à laquelle se prêtaient parfaitement les basfonds de Londres à la fin du XIXe siècle : on retrouve cela notamment au chapitre XVI, lorsque Dorian se rend dans la fumerie d'opium (« La plupart des fenêtres étaient sombres, mais par moments leurs ombres fantastiques devenaient des silhouettes sur quelque store éclairé par un lampadaire. [...] Elles bougeaient comme de monstrueuses marionnettes [...]. ») ;
- **des évènements surnaturels :** le vieillissement du portrait à la place de Dorian ;
- **une fascination pour les mystères irrationnels de l'esprit humain :** le motif de la double personnalité.

L'INFLUENCE DE L'ART

Le Portrait de Dorian Gray a pour thème principal la beauté, celle-là même qui est au centre de la conception de l'art que possède Oscar Wilde. Aussi, il n'est pas étonnant de constater que l'art occupe une place primordiale dans le roman. Le héros, Dorian, est considéré par Lord Henry comme étant lui-même un chef-d'œuvre. L'art possède donc une place non négligeable dans l'œuvre et influe sur les destinées des personnages.

On le remarque tout d'abord à travers la peinture qui agit sur les vies de Basil Hallward et de Dorian Gray. Dans le cas de Basil, le portrait le dévoile totalement, montrant au monde l'adoration qu'il éprouve pour Dorian. Il constitue le sommet de son art, et constitue, en cela, une fin, l'artiste étant incapable de produire de plus belles œuvres que celle-là. Ce tableau met donc fin à la carrière d'artiste de Basil et contribuera également à mettre fin à sa vie. Dorian de son côté se substitue à la peinture. Le portrait vieillissant et assumant les signes de son avilissement, il s'effectue un échange qui transforme le modèle vivant en œuvre. La peinture devient alors pour Dorian Gray l'observatoire de son âme.

C'est ensuite le théâtre qui occupe une place très importante dans l'épisode mettant en scène Sibyl Vane. Dorian n'était pas tombé amoureux d'elle, mais de son art. La jeune fille vit plongée dans une illusion théâtrale qui la fait apparaitre aux yeux du lecteur comme une jeune fille naïve et innocente. Ses réactions sont calquées sur les personnages tragiques qu'elle campe. Ainsi, lorsque Dorian la rejette, elle se donne la mort, comme une héroïne de tragédie. La jeunesse éternelle de Dorian et sa double vie font aussi de lui un acteur, avançant masqué dans une vie dissolue. Tout comme Sibyl, il vit dans une pièce de théâtre, jouant le rôle d'un prince charmant, même s'il en a perdu les qualités (hormis sa beauté).

On retrouve enfin la littérature à travers le roman que Lord Henry donne à Dorian. C'est cette œuvre qui « l'empoisonne » est qui précipite le protagoniste dans le crime et le vice. Lors de sa dernière conversation avec Henry, le jeune homme lui reprochera d'ailleurs de lui avoir fait parvenir ce roman qui l'a changé drastiquement.

Dorian Gray semble donc être un personnage façonné par les arts. Son vœu de ne jamais s'enlaidir témoigne de cette recherche esthétique. Le jeune homme se laisse transformer ; en cela, il est comme un bloc d'argile poli par un sculpteur, et s'il apparaissait au début du roman superficiel, ce sont les arts qui l'ont transformé. Cependant, cette recherche du beau se fait au détriment de son intégrité morale.

LE *DOPPELGÄNGER*

Le terme « *doppelgänger* » vient de l'allemand *doppel* qui signifie « double » et du substantif « *gehen* », qui signifie « aller ». Le *doppelgänger* désigne donc dans une fiction le double d'un personnage vivant. Cette thématique est centrale dans *Le Portrait de Dorian Gray*. Le vœu que fait le protagoniste provoque un dédoublement entre le personnage physique (sa représentation) et son moi. Au début du roman, les deux sont en adéquation, mais les discours de Lord Henry et leur influence néfaste amorcent leur séparation.

Le portrait, par son existence, pose une question importante : qui est le véritable Dorian Gray ? Est-ce le portrait
qui renvoie à l'âme du personnage et qui porte le fardeau
de ses crimes, ou est-ce le Dorian Gray physique, celui qui
mène une double vie, partagé entre son appartenance à
la bonne société et sa recherche des plaisirs immédiats
qui le plongent dans une vie de scandales ? L'auteur laisse
volontairement une zone d'ombre. On ne sait pas si Dorian
devient mauvais à cause de la corruption du portrait, ou bien
si le portrait se corrompt à cause de Dorian. La question qui
vise à définir qui est véritablement le double maléfique reste
ouverte.

La thématique du double explore la dualité du personnage
de Dorian Grey qui, bien qu'étant un dandy parfait en apparence, mène une vie dissolue. Sa beauté le protège des soup-
çons. Par sa simple existence, Dorian met à mal la notion de
« *kalos kagathos* », expression grecque qui signifie « beau et
bon » et qui désigne la perfection humaine. Tout comme le
Docteur Jekyll, Dorian Gray possède deux facettes ; c'est un
personnage double.

LA BEAUTÉ AMORALE

Le Portrait de Dorian Gray est mis en parallèle aux deux
mouvements auxquels Wilde se rattache par sa nette
séparation de l'art et de la morale – à tel point qu'on peut
interpréter le déclin et la mort de Dorian comme les suites
d'une « hérésie » (MIGHALL R., *Introduction à* The Picture of
Dorian Gray, Londres, Penguin, coll. « Penguin Classics »,
2003, p. 25) : celle d'avoir donné une signification morale à

son portrait, rendant hideux un bel objet d'art en l'associant à sa conscience.

Le décadentisme

Les dernières années du XIXe siècle sont perçues comme la fin d'une époque, et très vite on voit naitre chez les gens un certain rejet de la morale et des valeurs esthétiques traditionnelles – à la manière de Lord Henry –, et beaucoup se jettent à corps perdu dans les plaisirs défendus et exotiques.

Cette attitude est typique d'un mouvement artistique, le décadentisme, qui laisse entrevoir une certaine forme de provocation, un esprit libertin et sulfureux dévoilant un désespoir émanant de l'incertitude ressentie face à l'avenir. Le dandy personnifie cet état d'esprit. Esthète d'un genre nouveau, il se montre cynique envers la morale et les idées reçues et possède un mode de vie considéré comme peu convenable, voire scandaleux : il est en effet toujours en quête de nouveaux plaisirs éphémères qui finissent toutefois par l'ennuyer. Le charme vénéneux du dandy lui permet néanmoins de briller en société.

Le Portrait de Dorian Gray est très imprégné de cette décadence, qui apparait notamment dans :

- les discours amoraux de Lord Henry, qui prône un « nouvel hédonisme », soit une philosophie axée sur la recherche du plaisir (chapitre II ; Dorian reprend cette idée au chapitre XI, associant le rejet traditionnel des félicités sensuelles à un gâchis, héritage d'une morale hypocrite) ;
- la double vie de Dorian ;

- les plaisirs excentriques, sulfureux et défendus auxquels il s'adonne. Le recensement au chapitre XI de ses gouts en parfum, musique, joyaux, etc., rappelle ceux de l'antihéros des Esseintes du roman *À rebours* (1884) de Joris-Karl Huysmans (écrivain français, 1848-1907). Ce livre, sorte de manifeste du décadentisme, est probablement celui qu'offre Lord Henry à Dorian au chapitre X, selon une idée répandue et généralement approuvée dans la littérature secondaire sur *Le Portrait de Dorian Gray* et qui s'appuie notamment sur l'estime que Wilde avait pour cette œuvre.

À *REBOURS*

À rebours (1884) est un roman de Joris-Karl Huysman dont la narration est axée principalement sur le héros, Jean des Esseintes, un antihéros qui constitue un catalogue de ses gouts artistiques. Le personnage principal est un dandy ayant fait toutes les expériences possibles de son époque et qui se retire dans un pavillon pour établir son catalogue.

L'ouvrage, qui est considéré comme un manifeste du décadentisme, fait partie des sources d'inspirations revendiquées par Oscar Wilde. Le livre à reliure jaune que Lord Henry offre à Dorian pourrait bien être celui-là. On retrouve en effet dans *Le Portrait de Dorian Gray* et dans *À rebours* des traits communs, comme une réflexion approfondie sur l'art, une vision cynique du monde et une importante place accordée à l'esthétisme.

L'esthétisme

Le mot d'ordre de l'esthétisme, autre mouvement artistique – très proche toutefois du décadentisme – auquel on peut rattacher Wilde, est incontestablement l'art pour l'art. L'œuvre doit être sans but, car la beauté est au-dessus de tout, notamment de la morale et de l'utilité didactique que les conventions de l'époque avaient tendance à exiger d'une œuvre. L'art comme raffinement est même élevé à un rang supérieur à celui de la nature brute. Chez les décadents, cela se traduit par un attrait pour l'artifice que l'on retrouve également chez Dorian.

La recherche de la beauté pour elle-même est reflétée dans le comportement du jeune homme, qui ne recule devant rien dans sa quête de nouvelles sensations, allant jusqu'à juger les gens uniquement d'un point de vue artistique. Mais, étonnamment, l'art pour l'art semble également faire partie de la philosophie de Basil : au chapitre I, il déplore que le monde ne voie en l'art qu'une sorte d'autobiographie, accordant trop de place à l'artiste, et ait « perdu le sens abstrait de la beauté ». Et bien entendu, la préface du roman proclame avec le plus de force l'autonomie de l'art.

LA SUPERFICIALITÉ DE L'AMOUR

L'amour est très peu présent dans *Le Portrait de Dorian Gray*, et quand il apparait, c'est sous une forme tordue et malsaine.

Sibyl Vane qui pense aimer Dorian n'éprouve en fait des sentiments que pour le personnage qu'il incarne en société.

Elle le voit comme un prince charmant parce qu'elle considère qu'il est celui qui pourra la sortir de sa vie modeste.
Elle l'aime passionnément, mais non pas pour ce qu'il est,
mais plutôt pour ce qu'il représente. Il en est de même pour
Dorian. Quand il parle de Sibyl à Henry et de l'admiration
qu'il a pour cette actrice et sa façon d'incarner ses rôles,
celui-ci lui demande : « Quand est-elle Sibyl Vane ? », ce
à quoi Dorian répond : « Jamais » (chapitre IV). Lorsqu'il
découvre un soir qu'elle joue volontairement mal, tournant
le dos à son art pour lui, il la rejette violemment. L'amour
qu'ils ressentent l'un pour l'autre est donc factice.

Dorian et Basil tombent amoureux du portrait de Dorian.
En cela, ils subissent un amour artificiel, qui ne repose que
sur la beauté de l'œuvre. Dorian s'assimile alors à Narcisse
(personnage mythologique d'une très grande beauté qui
tombe amoureux de son image reflétée dans l'eau d'une
source), tandis que Basil devient un Pygmalion (sculpteur
mythologique qui tombe amoureux de sa création, la statue
Galatée). Dans ces deux cas, il est question d'autoérotisme.
C'est son image que Dorian aime, et c'est de sa création, qui
possède une partie de lui-même, dont est épris Basil.

Les exemples d'amour artificiels sont nombreux dans *Le
Portrait de Dorian Gray*. Le couple formé par Henry Wotton
et sa femme (qui d'ailleurs le quitte à la fin du roman) en
est un, les époux ne se voyant que très rarement. La relation
entre Dorian Gray et la duchesse de Monmouth est aussi
incertaine. S'ils flirtent et entament un jeu de séduction,
Dorian avoue cependant ne pas l'aimer mais l'estimer, et selon Henry, c'est le contraire pour la duchesse qui l'aime sans

l'estimer. Notons enfin que l'amour hétérosexuel semble ne mener à rien dans l'œuvre : l'amour entre Sibyl et Dorian est avorté, et les relations entre Dorian et les femmes sont marquées par l'hypocrisie.

DES CROYANCES SCIENTIFIQUES

On retrouve dans *Le Portrait de Dorian Gray* des allusions à des conceptions scientifiques typiques de l'époque. Alors que l'on ne retrouve dans le roman aucune scène montrant Dorian vendre son âme au diable, ce dernier cherche à percer le mystère des transformations que subit son portrait en conjecturant une influence de sa pensée (voire une vibration « à l'unisson » des atomes, chapitre VIII) sur une matière non pas vivante mais inerte (il s'agirait alors d'une interprétation du dualisme cartésien, conception philosophique qui s'intéresse au rapport entre l'esprit et le corps ainsi que leur interaction, le tableau se substituant ici au corps), avant de se désintéresser de la question.

L'œuvre fait surtout référence à la physiognomonie qui était à la mode au XIXe siècle. Celle-ci part du postulat que l'aspect physique (particulièrement le visage) d'une personne reflète son intériorité. Cette idée est centrale dans le récit : si le portrait se dégrade et adopte des expressions grimaçantes et sournoises à la place de Dorian qui, lui, conserve tout son charme, c'est bien à cause de la vie de plus en plus dissolue et de l'hypocrisie de ce dernier. Cependant, dans un certain sens, Wilde tourne la physiognomonie en dérision, puisqu'ici ce n'est pas à la personne mais bien à sa représentation que s'appliquent les principes de cette pseudoscience.

LE ROMAN REFLÉTÉ DANS LE PORTRAIT

Le tableau représentant Dorian peut être interprété comme une mise en abyme du roman lui-même. La relation entre Dorian et son portrait d'une part et celle entre Wilde et son roman d'autre part présentent en effet d'intéressantes similarités :

- pour Dorian, le portrait est une conscience extériorisée. La débauche qu'on ne voit pas sur son visage éternellement innocent s'y inscrit, ce qui le pousse à vouloir le dissimuler. Ainsi, sa vie sociale reste globalement une réussite, mais le tableau finit tout de même par causer sa perte lorsqu'il tente de le détruire ;
- le roman contient des allusions à ce qu'Oscar Wilde devait lui aussi cacher en société : son homosexualité. Bien que l'auteur ait atténué les allusions portant sur sa vie sexuelle en 1891, elles ont été utilisées contre lui lors de ses procès en 1895 qui l'ont mené à être condamné pour « grave immoralité » – son roman a donc, en quelque sorte, également causé sa perte (la seule différence étant que Wilde n'aurait jamais souhaité s'en débarrasser).

À l'instar de son auteur et de son personnage principal, *Le Portrait de Dorian Gray* est auréolé de scandale. Le roman fut décrié à sa sortie par la presse, accueilli avec hostilité et utilisé comme pièce à conviction dans les procès pour homosexualité intentés à Oscar Wilde. Celui-ci écrivait dans une lettre adressée à un certain Ralph Payne, en 1894 : « Basil Hallward est ce que je crois être ; Lord Henry ce que le monde me croit ; Dorian, ce que je voudrais être ».

L'identification entre l'artiste et l'œuvre est totale et des parallèles apparaissent entre la fiction de l'œuvre et la réalité de la vie de l'auteur. Notons que *Le Portrait de Dorian Gray* est le seul roman qu'écrivit Oscar Wilde, en somme, tout comme l'est le portrait pour Basil, l'œuvre d'une vie.

PISTES DE RÉFLEXION

QUELQUES QUESTIONS POUR APPROFONDIR SA RÉFLEXION...

- Dans la préface, Oscar Wilde écrit : « Un livre moral ou immoral, cela n'existe pas. Les livres sont bien écrits, ou mal écrits. C'est tout. » Le roman confirme-t-il la pensée de l'auteur ? Justifiez votre réponse.
- Quel est, selon vous, le rôle du portrait ?
- Décrivez la philosophie de Lord Henry. En quels points recoupe-t-elle celle d'Oscar Wilde ?
- La poursuite de la beauté sous toutes ses formes peut rendre l'esthète insensible à tout le reste. En quoi Dorian et Lord Henry sont-ils insensibles ? Ont-ils des limites ?
- Comment expliquez- vous que beaucoup de gens (notamment Basil), en présence de Dorian et sous l'effet de son charme, refusent de croire aux bruits qui courent à son sujet ?
- Donnez des exemples de passages du roman où l'art est associé à l'artifice et/ou opposé à la vie réelle.
- Quelle signification a pour vous la mort de Dorian ?
- Comparez *Le Portrait de Dorian Gray* au mythe de Faust. Dorian fait-il un pacte avec le diable ? Argumentez votre réponse.
- Que dit le roman sur les préjugés sociaux de l'époque d'Oscar Wilde ?
- Comparez Dorian Gray au D^(octeur) Jekyll. En quoi ces deux personnages se ressemblent-ils ?

POUR ALLER PLUS LOIN

ÉDITION DE RÉFÉRENCE

- WILDE O., *Le Portrait de Dorian Gray*, traduit de l'anglais par Richard Crevier, Paris, Flammarion, coll. « GF Flammarion », 2006.

ÉTUDES DE RÉFÉRENCE

- BEAUSOLEIL C., *Oscar Wilde, pour l'amour du Beau*, Bordeaux, Le Castor Astral, 2001.
- FLANAGAN-BEHRENDT P., *Oscar Wilde: Eros and Aesthetics*, New York, St Martin's Press, 1991.
- LOUVEL L., *Oscar Wilde :* The Picture of Dorian Gray. *Le double miroir de l'art*, Paris, Ellipses, coll. « Marque-Page littérature anglo-saxonne », 2000
- MARCOS-TURNBULL R., *Oscar Wilde. Aimer jusqu'à déchoir*, Paris, Epel, 2016.

SUR LEPETITLITTÉRAIRE.FR

- Fiche de lecture sur *Le Fantôme de Canterville* d'Oscar Wilde.

Retrouvez notre offre complète sur lePetitLittéraire.fr

- des fiches de lectures
- des commentaires littéraires
- des questionnaires de lecture
- des résumés

ANOUILH
- Antigone

AUSTEN
- Orgueil et Préjugés

BALZAC
- Eugénie Grandet
- Le Père Goriot
- Illusions perdues

BARJAVEL
- La Nuit des temps

BEAUMARCHAIS
- Le Mariage de Figaro

BECKETT
- En attendant Godot

BRETON
- Nadja

CAMUS
- La Peste
- Les Justes
- L'Étranger

CARRÈRE
- Limonov

CÉLINE
- Voyage au bout de la nuit

CERVANTÈS
- Don Quichotte de la Manche

CHATEAUBRIAND
- Mémoires d'outre-tombe

CHODERLOS DE LACLOS
- Les Liaisons dangereuses

CHRÉTIEN DE TROYES
- Yvain ou le Chevalier au lion

CHRISTIE
- Dix Petits Nègres

CLAUDEL
- La Petite Fille de Monsieur Linh
- Le Rapport de Brodeck

COELHO
- L'Alchimiste

CONAN DOYLE
- Le Chien des Baskerville

DAI SIJIE
- Balzac et la Petite Tailleuse chinoise

DE GAULLE
- Mémoires de guerre III. Le Salut. 1944-1946

DE VIGAN
- No et moi

DICKER
- La Vérité sur l'affaire Harry Quebert

DIDEROT
- Supplément au Voyage de Bougainville

DUMAS
- Les Trois
  Mousquetaires

ÉNARD
- Parlez-leur
  de batailles,
  de rois et
  d'éléphants

FERRARI
- Le Sermon sur la
  chute de Rome

FLAUBERT
- Madame Bovary

FRANK
- Journal
  d'Anne Frank

FRED VARGAS
- Pars vite et
  reviens tard

GARY
- La Vie devant soi

GAUDÉ
- La Mort du
  roi Tsongor
- Le Soleil des
  Scorta

GAUTIER
- La Morte
  amoureuse
- Le Capitaine
  Fracasse

GAVALDA
- 35 kilos d'espoir

GIDE
- Les
  Faux-Monnayeurs

GIONO
- Le Grand
  Troupeau
- Le Hussard
  sur le toit

GIRAUDOUX
- La guerre de
  Troie
  n'aura pas lieu

GOLDING
- Sa Majesté des
  Mouches

GRIMBERT
- Un secret

HEMINGWAY
- Le Vieil Homme
  et la Mer

HESSEL
- Indignez-vous !

HOMÈRE
- L'Odyssée

HUGO
- Le Dernier Jour
  d'un condamné
- Les Misérables
- Notre-Dame
  de Paris

HUXLEY
- Le Meilleur
  des mondes

IONESCO
- Rhinocéros
- La Cantatrice
  chauve

JARY
- Ubu roi

JENNI
- L'Art français
  de la guerre

JOFFO
- Un sac de billes

KAFKA
- La Métamorphose

KEROUAC
- Sur la route

KESSEL
- Le Lion

LARSSON
- Millenium I. Les
  hommes qui
  n'aimaient pas
  les femmes

LE CLÉZIO
- Mondo

LEVI
- Si c'est un
  homme

LEVY
- Et si c'était vrai…

MAALOUF
- Léon l'Africain

MALRAUX
- La Condition humaine

MARIVAUX
- La Double Inconstance
- Le Jeu de l'amour et du hasard

MARTINEZ
- Du domaine des murmures

MAUPASSANT
- Boule de suif
- Le Horla
- Une vie

MAURIAC
- Le Nœud de vipères

MAURIAC
- Le Sagouin

MÉRIMÉE
- Tamango
- Colomba

MERLE
- La mort est mon métier

MOLIÈRE
- Le Misanthrope
- L'Avare
- Le Bourgeois gentilhomme

MONTAIGNE
- Essais

MORPURGO
- Le Roi Arthur

MUSSET
- Lorenzaccio

MUSSO
- Que serais-je sans toi ?

NOTHOMB
- Stupeur et Tremblements

ORWELL
- La Ferme des animaux
- 1984

PAGNOL
- La Gloire de mon père

PANCOL
- Les Yeux jaunes des crocodiles

PASCAL
- Pensées

PENNAC
- Au bonheur des ogres

POE
- La Chute de la maison Usher

PROUST
- Du côté de chez Swann

QUENEAU
- Zazie dans le métro

QUIGNARD
- Tous les matins du monde

RABELAIS
- Gargantua

RACINE
- Andromaque
- Britannicus
- Phèdre

ROUSSEAU
- Confessions

ROSTAND
- Cyrano de Bergerac

ROWLING
- Harry Potter à l'école des sorciers

SAINT-EXUPÉRY
- Le Petit Prince
- Vol de nuit

SARTRE
- Huis clos
- La Nausée
- Les Mouches

SCHLINK
- Le Liseur

SCHMITT
- La Part de l'autre
- Oscar et la
  Dame rose

SEPULVEDA
- Le Vieux qui
  lisait des romans
  d'amour

SHAKESPEARE
- Roméo et Juliette

SIMENON
- Le Chien jaune

STEEMAN
- L'Assassin
  habite au 21

STEINBECK
- Des souris et
  des hommes

STENDHAL
- Le Rouge et
  le Noir

STEVENSON
- L'Île au trésor

SÜSKIND
- Le Parfum

TOLSTOÏ
- Anna Karénine

TOURNIER
- Vendredi ou
  la Vie sauvage

TOUSSAINT
- Fuir

UHLMAN
- L'Ami retrouvé

VERNE
- Le Tour
  du monde
  en 80 jours
- Vingt mille
  lieues sous
  les mers
- Voyage au
  centre de
  la terre

VIAN
- L'Écume des jours

VOLTAIRE
- Candide

WELLS
- La Guerre des
  mondes

YOURCENAR
- Mémoires
  d'Hadrien

ZOLA
- Au bonheur
  des dames
- L'Assommoir
- Germinal

ZWEIG
- Le Joueur
  d'échecs

ISBN version numérique : 978-2-8062-9282-7
ISBN version papier : 978-2-8062-9283-4
Dépôt légal : D/2017/12603/4

Avec la collaboration de Nasim Hamou pour les chapitres « L'influence de l'art », « Le *doppelgänger* » « La superficialité de l'amour » et « La réception de l'œuvre ».

Conception numérique : Primento,
le partenaire numérique des éditeurs.

Ce titre a été réalisé avec le soutien de la Fédération Wallonie-Bruxelles, Service général des Lettres et du Livre.